Fables réinventées

Le corbeau et le renard

Dominique Pelletier

SCHOLASTIC

Catalogage avant publication de Bibliothèque et Archives Canada

Pelletier, Dominique, 1975-, auteur, illustrateur
Le corbeau et le renard / Dominique Pelletier.
(Fables réinventées)

Comprend le texte de la fable Le corbeau et le renard de Jean de La Fontaine.
ISBN 978-1-4431-7382-7 (couverture souple)
I. La Fontaine, Jean de, 1621-1695. Corbeau et le renard. II. Titre.

PS8631.E4475C67 2019 jC843'.6 C2018-904481-0

Édition publiée par les Éditions Scholastic, 604, rue King Ouest, Toronto (Ontario) M5V 1E1

5 4 3 2 1 Imprimé au Canada 119 19 20 21 22 23

Mon bon Monsieur,
apprenez que tout flatteur vit
aux dépens de celui qui l'écoute.
Cette leçon vaut bien
un fromage, sans doute.

Jean de La Fontaine

C'est la fin de l'automne.

Dans la forêt, les temps sont durs.

Partout la nourriture se fait rare...

Pendant que certains font des expériences culinaires douteuses...
MA SOUPE AUX CAILLOUX EST UN VRAI DÉLICE!
d'autres ont plus de chance.
HI!
HI!

Ainsi commence notre histoire...

Maître Corbeau,
sur un arbre
perché, tient
en son bec
un fromage.

Tous en veulent un morceau,

et chacun a une stratégie.

L'ours essaie en premier...

NON!

GRRR!

mais sans succès.

IL FAUDRAIT VRAIMENT QUE J'APPRENNE À GRIMPER AUX ARBRES.
HÉ! LE RENARD! IL TE RESTE DE LA SOUPE AUX CAILLOUX?

Puis, c'est au tour du castor...

JE T'ÉCHANGE TON FROMAGE CONTRE UNE SUPERBE SCULPTURE EN BOIS!
NON!

mais le castor n'est pas plus chanceux que l'ours.

Enfin, c'est au tour du renard qui, par l'odeur alléché, lui tient à peu près ce langage...

HA!
HA!

HÉ!
BONJOUR,
MONSIEUR
DU CORBEAU!
?
QUE
VOUS ÊTES
JOLI!
QUE
VOUS ME
SEMBLEZ
BEAU!

JE ME PRÉSENTE : MAÎTRE RENARD, AGENT D'ARTISTES!
VOICI MA CARTE.
Maître Renard

JE REPRÉSENTE LES PLUS GRANDES VEDETTES DE LA FORÊT!
LA TORTUE* (CELLE DE LA FAMEUSE COURSE),
LA GRENOUILLE** (ENFIN, CE QUI EN RESTE)
AINSI QUE DEUX DES TROIS PETITS COCHONS!

UNE PETITE PHOTO?
POUR LES MAGAZINES ET POUR LES JOURNAUX!
CLIC
À PROPOS, SAVEZ-VOUS QUE LE NOIR VOUS VA TRÈS BIEN?

STAR
MAGNIFIQUE! JE VAIS FAIRE DE VOUS LA PLUS GRANDE VEDETTE DU MONDE!
LA GLOIRE VOUS ATTEND ET VOUS LA MÉRITEZ BIEN!

MAIS AVANT D'ALLER PLUS LOIN, UNE PETITE QUESTION...
CHANTEZ-VOUS AUSSI BIEN QUE VOUS ÊTES BEAU?

CRROC

Et pour montrer sa belle
voix, le corbeau ouvre un large
bec et laisse tomber sa proie.

MON BON MONSIEUR, APPRENEZ QUE TOUT FLATTEUR VIT AUX DÉPENS DE CELUI QUI L'ÉCOUTE.
CROAA?

CETTE LEÇON
VAUT BIEN
UN FROMAGE,
SANS DOUTE!

Le corbeau, honteux et confus, jura, mais un peu tard, qu'on ne l'y prendrait plus.

Le corbeau et le renard

Maître Corbeau, sur un arbre perché,
tenait en son bec un fromage.
Maître Renard, par l'odeur alléché,
lui tint à peu près ce langage :
« Hé! bonjour, Monsieur du Corbeau.
Que vous êtes joli! que vous me semblez beau!
Sans mentir, si votre ramage
se rapporte à votre plumage,
vous êtes le phénix des hôtes de ces bois. »
À ces mots, le corbeau ne se sent pas de joie;
et pour montrer sa belle voix,
il ouvre un large bec, laisse tomber sa proie.
Le renard s'en saisit, et dit : « Mon bon Monsieur,
apprenez que tout flatteur
vit aux dépens de celui qui l'écoute.
Cette leçon vaut bien un fromage, sans doute. »
Le corbeau, honteux et confus,
jura, mais un peu tard, qu'on ne l'y prendrait plus.

ET ALORS?
QUAND EST-CE QU'ON ENREGISTRE MON DISQUE?

*JEAN DE LA FONTAINE, *LE LIÈVRE ET LA TORTUE*

**JEAN DE LA FONTAINE, *LA GRENOUILLE QUI VEUT SE FAIRE AUSSI GROSSE QUE LE BŒUF*